AF196448

MAHNENDER MOHN

Eine poetische Hommage an John McCraes
„In Flanderns Fields"

VORWORT

In „*Flanders Fields*" ist eines der bekanntesten englischsprachigen Gedichte über den Ersten Weltkrieg. Es wurde am 3. Mai 1915 von dem kanadischen Lieutenant Colonel John Alexander McCrae (1872–1918) verfasst, dessen Freund am Vortag bei einem Granatenangriff in der Zweiten Flandernschlacht bei Ypern gefallen war. McCrae, Mediziner und Schriftsteller, verarbeitete seine Trauer in einem Rondeau über die *Felder in Flandern,* wo der rot blühende Klatschmohn an das vergossene Blut der Gefallenen erinnert und dennoch nährt er die Hoffnung, dass das Leben weitergeht.

Die Mohnblüte, heute Symbol des Gedenkens an die zahlreichen und namenlosen Opfer des Krieges, wurde somit zum MAHNENDEN MOHN.

Diesen Titel wählten wir für unsere Publikation, denn die anhaltende Aktualität und Eindringlichkeit der Verse McCraes, inspirierten viele zeitgenössische Poetinnen und Poeten zur künstlerischen Auseinandersetzung und zum Schreiben eigener Gedichte. In diesem SternenBlick-Sonderband veröffentlichen wir 35 Texte, die im Rahmen der Ausschreibung „Mohnblume" an uns gesendet wurden. An dem Aufruf, eine deutsche Nachdichtung des Originals zu schaffen, beteiligten sich zahlreiche Autorinnen und Autoren. Die gelungenste Übertragung erhielten wir von Lisa Starogardzki, die 2020 den SternenBlick-Lyrikpreis gewann.

Wir danken allen Dichterinnen und Dichtern, die sich mit ihren Texten eingebracht haben, denn uns verbindet, dass „Die Hoffnung auf Frieden niemals aufhört." (Dalai Lama)

Lieutenant Colonel John McCrae
In Flanders Fields

In Flanders Fields the poppies blow
Between the crosses row on row,
That mark our place; and in the sky
The larks, still bravely singing, fly
Scarce heard amid the guns below.

We are the Dead. Short days ago
We lived, felt dawn, saw sunset glow,
Loved and were loved, and now we lie
In Flanders fields.

Take up our quarrel with the foe:
To you from failing hands we throw
The torch; be yours to hold it high.
If ye break faith with us who die
We shall not sleep, though poppies grow
In Flanders fields.

*

In Flanders Fields

—

In Flanders fields the poppies blow
Between the crosses, row on row,
That mark our place; and in the sky
The larks, still bravely singing, fly
Scarce heard amid the guns below.

We are the Dead. Short days ago
We lived, felt dawn, saw sunset glow,
Loved, and were loved, and now we lie
    In Flanders fields.

Take up our quarrel with the foe:
To you from failing hands we throw
The torch; be yours to hold it high.
If ye break faith with us who die
We shall not sleep, though poppies grow
    In Flanders fields

Punch
Dec 8·1915

John McCrae

Lisa Starogardzki
AUF FLANDERNS FELD*

Rot blüht der Mohn auf Flanderns Feld,
Von Kreuzen Reih' um Reih' umstellt,
Uns Zeichen. Lerchen singen, weit
Im Himmel noch von Tapferkeit,
Verschluckt, wo Schützenfeuer gellt.

Jetzt sind wir tot, kaum aus der Welt,
Sah'n noch, wie Licht den Tag erhellt,
Dann riss es uns aus dieser Zeit,
Auf Flanderns Feld.

Zieht ihr nun aus und kämpft als Held:
Nehmt auf die Fackel, eh sie fällt,
Und brecht uns Toten nicht den Eid,
Sonst ruh'n wir nie – in Ewigkeit,
Wo Mohn die Kreuze rot umstellt
Auf Flanderns Feld.

Nachdichtung von 2020

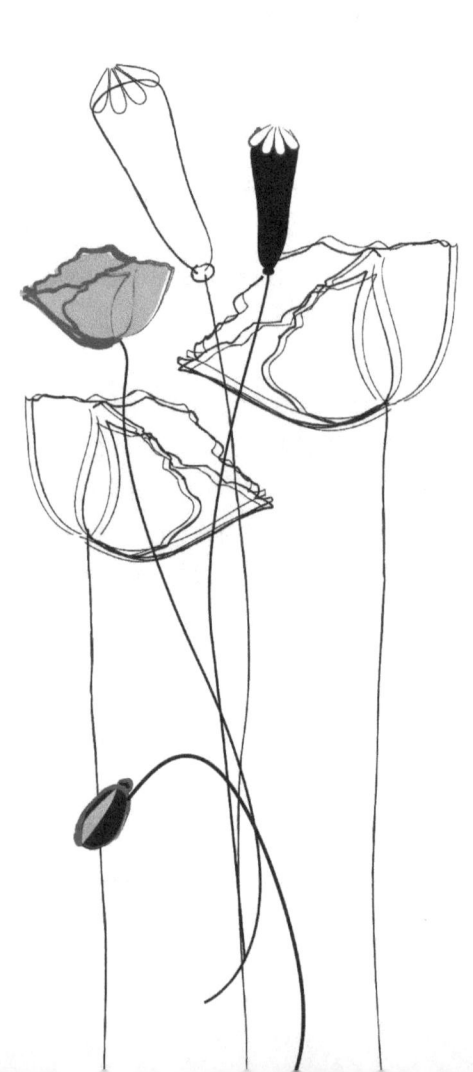

Anja Titze
Unter rotem Blütenflor

Der rote Mohn steht flammend da.
Im Rauschen ist versunken
das reife Korn, verstaubt und schwer.
Die Erd' hat Blut getrunken.

Wer flüstert da? Nichts ist zu sehn
Inmitten gold'ner Ähren.
Das ist ein Bitten, flehentlich,
nun endlich heimzukehren.

Denn unter rotem Blütenflor
da liegen ihre Seelen.
So mancher Tor, der hierher kam.
Man konnt' sie gar nicht zählen.

Es ist kein Tau. Es sind die Trän',
die diese Blumen tragen.
Die namenlose Hoffnung ist
hier tausendfach vergraben.

Der Mohn im Korn so schweigsam steht
und leuchtet rot wie Blut.
Und ohne Worte sagt er uns:
Nie wieder Feuerglut!

Monika Heintze
ALLEIN DIE LERCHE STEIGT

Blutblume,
Feuerblume,
Feldrosenblume.
Klatschmohn über den Leibern.
Glutrot.
Daunenbett der Versöhnung.

Du kamst als Erste
am Wegrand der Zeit,
leuchtest die Grenzen
zum Himmelrand aus.
Spiegelst mit zarter Schönheit
Töne der Vergänglichkeit.
Malst farbige Schatten
auf blutigen Grund,
Mahnblume gegen das Vergessen.

Doch schweigend in der Winterzeit
schläft mir der Schrecken ein.

Der Himmel bleibt geschlossen.
Allein die Lerche steigt.

Manfred Ach
KLEINIGKEIT

Bin nur Staub.

Aber der Mohn
erglüht über mir

riesig.

Michaela A. Albrecht
(MAI AM WEGESRAND)

Mai am Wegesrand.
In Rot getauchte Köpfe.
Augen in Schwarz, Grün.

Zeugen der Welten Kriege,
doch ihr Mahnen unerkannt.

Franziska Bauer
LEBENSZEICHEN

Die Erde von Soldatengräbern,
kaum aufgeschüttet, bringt hervor
des Klatschmohns roten Blütenflor.

Als ob aus blutgetränkten Gräbern
des Blutzolls roter Lebenssaft
im Tod noch neues Leben schafft.

Ira Karoline Bräuer
IN FLANDERS FIELDS

Immer noch blüht rot
der Mohn zwischen den Kreuzen
Menschen lernen nie ...

Stefan Breitenfeld
ZÜNDHOLZ

Einst blühte der Mohn furchtlos
nahe unseren Behausungen, dort,
wo der Schlaf aus roter Blüte
uns gewähren ließ,
wo das Vergessen mit sachter Hand
über uns hinwegstrich,
wo das Brot die Bitterkeit der Erde
in sich trug –
doch der Tod, so haben wir gelernt,
weint nicht. Eines Tages
kamen die Flammen und nahmen
alles mit sich: Die roten Blüten,
die schwarzen Samen, wohl auch
den Brandstifter, bestehend aus Fleisch
und ein wenig Blut.
Was er Fortschritt nannte, ereilte uns,
lange bevor ein neuer Trieb die Erde
durchbrechen konnte. Nun weht der Wind
geduldig die Asche vor sich her,
uns gemahnend, dass auch wir
jederzeit
abberufen werden können.

Lisa Deutschmann
(DAS BLUTROTE FELD)

Das blutrote Feld
zieht alle Blicke auf sich –
Klatschmohnblütenzeit

Raven E. Dietzel
SEDES BEATUM*

Es gibt doch keine heile Welt!
Es gibt kein Land voll Seligkeit,
nicht Friede, Freude, Glück der Zeit,
nicht Ehrlichkeit, nicht Einfachheit,
nicht echt und unverstellt.

Nicht jener Kreis an Menschen ist,
dem du dich freudig zugesellst,
bei dem du bleibst, zu dem du hältst
und der dich hält, falls du einst fällst,
weil du genau wie jene bist.

Wenn dieses Bild in Stücke bricht,
stehst du vor einem Scherbenberg
und siehst dich selbst darin verzerrt.
Du wühlst darin und suchst den Wert,
den du geliebt ... Und findest nicht.

Die Angst ist's, die dir Beine stellt:
Du liebst nicht mehr. Du glaubst, du weißt,
dass alles fällt, verstirbt, zerreißt.
Und rasend suchst du, töricht, dreist
und flehst um eine heile Welt.

Die gibt es nicht. Da gibt es nur
das Traumbild, jene Illusion,
du glaubst ihr nicht, doch liebst sie schon.
Sie ist so schön und welkt wie Mohn,
reißt man ihn aus der Flur.

*lateinisch: Gefilde der Glücklichen

Hildegard Dohrendorf
(Kriegsgräberfeld)

Kriegsgräberfeld
die abgeknickte Mohnblume
schaukelt im Wind

Ewald Eden

EINE STRASSE IN ENDLOSE WEITEN

Eine Straße in endlose Weiten –
gesäumet von blühendem Mohn,
soll Freude im Leben bereiten
für Vater und Tochter – für Mutter und Sohn.
Sind Heere der Straße gezogen,
zu schützen das mütterlich' Land –
doch wurden sie schändlich belogen,
aus Gründen, die man einfach erfand.
Man malt' ihnen Bilder des Bösen,
der schändet, was ihnen lieb –
sie müssten die Welten erlösen
vom Bösen, und dem, was ihn trieb.
Sie zogen hinaus in die Schlachten,
hinaus in des Krieges Getümmel –
sie fragten nicht mehr, was sie machten
unterm vom Rauche verdunkelten Himmel.
Sie wollten die Lieben beschützen
vor Unbill aus fremder Kultur –
ihr gefallenes Leben tat nützen
den mächtigen Geldsäcken nur.
Zurück blieben trauernde Mütter,
zurück blieb manch' vaterlos' Kind –
die Tränen, sie war'n nur noch bitter
die da flossen im friedlosen Wind.

NICHT NUR AUF FLANDERNS FELDERN

sie liegen in aufgewühlter Erde in Trichtern
ihr sinnlos vergossenes Blut färbt alles rot
bald wird auch hier die Klaproos keimen
andere ruhen bereits in ihren Gräbern
Klatschmohn blüht zwischen den Kreuzen
überdeckt rot den Wahnsinn dieser Zeit
doch nicht nur auf Flanderns Feldern
auch in den schroffen Gebirgen Tirols
den bewaldeten Hügelketten Galiziens
den Ufern am wildrauschenden Isonzo
den karstigen Dolinen Süddalmatiens
auf und unter Wasser auch hoch in der Luft
an all diesen nur erdenklichen Fronten
holt der Krieg unbarmherzig seine Opfer
löscht aus das Leben der Jungen und Alten
bringt unendliches Leid über die zu Hause
und doch gibt es Hoffnung für all jene
denen das Leben noch nicht genommen
der rote Mohn der die anderen bedeckt
kann als Slaapbol ihre Schmerzen lindern
wenn sie überleben sollen sie nicht die Fackel
der Vergeltung von Hand zu Hand reichen
sondern Poppies als Zeichen der Erinnerung

an die Abermillionen die zu Tode kamen
egal auf welcher Seite sie kämpfen mussten
trotz aller Gräuel soll der rote Mohn
uns auch Zeichen der Versöhnung sein
dann hört man den Gesang der Lerchen wieder
jubilierend über allen Gefilden dieser Welt
nicht nur auf Flanderns Feldern

Hans Egerer
(Am Schuttplatz)

am schuttplatz
über dem vergessen
der erste klatschmohn

Angela Flam
DRUNTER GRÄBER

die hüllen sind im
wegesschlaf zerschellt
und ab:gestreift

: auf flügeln
im gespiegeltsein
hinweggerafft –

: abgepflückt gepflügt
dem strahl entgegen –

und der weg zurück
ins felsenfieder singt
ver:schwiegen
lieder die da wiegen –

: drunter gräber drüber gras darüber

Frederike Frei
(TRAUMWANDLER MOHN)

Traumwandler *Mohn*,
überwältigt vom Rollkommando Rot,
bis ins Innerste zerknittert,
eine einzige Zitterpartie,
doch ohne alle Risse
hochheil geblieben,
um sich zu entfalten, zu leuchten.
Ihm wurde kein einziges
Schimmer- und Flimmerhärchen
gekrümmt. Er
blütet.

Insa Fütterer
UND ENDLICH BLÜHT MOHN

An dem grasgrünen Hügel
erlag er einem gnadenlosen Feuergefecht.
Tieffallend erregte seine Seele
genau hier – zum letzten Mal –
sein Gesicht.
Es schaute mit Angst und Wehmut
kriegsmüde empor.

Auf dem grasgrünen Hügel
entfacht er sein glanzvolles Feuerrot.
Tiefwurzelnd enthüllt seine Blüte
genau hier – zum ersten Mal –
ihr Gesicht.
Es schaut mit Anmut und Würde
friedvoll hinab.

Brunhild Hauschild
HIERAPOLIS

Der Tod
leuchtet aus jeder
blutroten Mohnblume
zwischen den Sarkophagen.
Die Geschichte spricht mit mir,
der Wind überbringt mir
antike Grüße.
Ich höre das Raunen
in den Gruften,
Stockwerke hoch.
Über Tumuli
und Grabhügeln,
mehrere Meter rund,
zerstaubt die Zeit.

Hannelore Imsande
(EIN HEER AUS KLATSCHMOHN)

Ein Heer aus Klatschmohn
flackert blutrot auf dem Feld
zwischen Kreuzreihen

Hille Insa Kamplade
(MOHNBLUME)

Mohnblume
lichtdurchdrungenes Rot
färbst meine Seele
streust Mohn auf's Herz
Kriegsopfergedenken

Nadja Felscher
POPPY FIELDS 1915

Über blutgetränkten Feldern:
Seidentücher klagender Stille.
Der todbringende Wind verebbt
und zwischen den Fronten der letzten Schlacht
winkt im Hoffnungsneuerblühen
das Rot der Mohnblumen.
Über blutgetränkten Feldern
sinken die Waffen.

Jörn Großhaus
FLANDERN 2014*

Einhundert lange Jahre
hast Du in Flanderns Erde
auf Deine Bestimmung gewartet.

Nach beinah ewigem Schlaf
brachtest Du schließlich
den Männern den Tod.

Vielleicht waren sie sich
der Gefahr bewusst,
bei ihren Bauarbeiten.

Vielleicht bückte sich einer,
um an einer Blume zu schnuppern,
als es passierte.

Vielleicht war der Mohn
der schreckliche Bote
bevorstehenden Todes.

Unbekannter Soldat,
Du bekommst nun Besuch
aus der friedlichen Zukunft.

Wird man auch ihnen
ein Denkmal verpassen,
den nachträglichen Opfern?

Sind sie doch Zeugen
des menschlichen Elends
und endlosen Krieges.

*Im Jahr 2014 verloren in Flandern
zwei Bauarbeiter bei der Explosion
einer Granate ihr Leben.*

Alexander Verlan
MOHN DER ERINNERUNG

Schützengräben
Gasangriffe

Schüsse
Bomben
Granaten

Die Erde bebte
als Blut vergossen wurde

Die Toten des Krieges
liegen begraben

Die Mohnblumen
auf den Feldern
erinnern daran.

Laura Kollmayer
(FLAMMENDE WOGEN)

Flammende Wogen
im Kreis dicht gedrängt –
schwarze Soldaten

Olivér Meiser
FRIEDENSAPPELL

Mohnblumen –
wie rotes Blut,
vergossen in den Tagen
sommerlicher Süße!

Mohnblumen –
wie Sommerglut,
verflossen und zerschlagen
durch Gewittergüsse!

Menschen –
ach wie kläglich,
verdrossen und verschwendet
für zweifelhafte Siege!

Menschen –
wie viel täglich,
erschossen und geschändet
für bitterböse Kriege!

Jürgen Polinske
(ACH MOHN)

Ach Mohn,
wie vermiss ich dein Rot Geschwisterblau
der Körnerblume verstreut im reifen
Roggengelb des Oderbruchs am Fuß
des Gräberbergs

Mohn mag sich nicht vergiftet
andersfarbig zeigen vergessen
schon sein Blühn in Flandern

Syrdal von Ro
KLATSCHMOHN – EIN KLAGELIED

Am Wegrand leuchtet das Rot vom Mohn
neben dem Blau der Kornblumen –
Blütenfähnchen aus zartem Chiffon,
Hummeln sie brummend besummen.

Des Klatschmohns Blüte erinnert mich
an alle, die sie nicht mehr seh'n –
„Warum nur, warum nur?", frag' ich dich,
„Warum ist das alles geschehn?"

Rot leuchtet der Mohn im Ährenfeld,
fernab der geliebten Heimat,
Erde bedeckt dort manch jungen Held',
der sein Leben verloren hat.

Des Klatschmohns Blüte erinnert mich
an alle, die sie nicht mehr seh'n –
„Warum nur, warum nur?", frag' ich dich,
„Warum ist das alles geschehn?"

Auf karger Halde leuchtet es rot
zwischen den blassgrauen Steinen,
dort fielen Männer in stillen Tod
und niemand hörte sie weinen.

Des Klatschmohns Blüte erinnert mich
an alle, die sie nicht mehr seh'n –
„Warum nur, warum nur?", frag' ich dich,
„Warum ist das alles geschehn?"

Wolfgang Rödig
(SOLDATENFRIEDHOF)

Soldatenfriedhof
wogendes Mohnblumenfeld
im Frühsommerwind
blutgetränkte Erde weint
ihre tröstlichsten Tränen   ˋ

Saza Schröder
BOSPORUS

Rot.
Rot bis zum Horizont.
Ein Schlachtfeld.
Rot.
Wogendes Rot so weit die Augen fliegen.
Ein Mohnblumenfeld.
Ich habe geträumt.

Heidrun Stödtler
MOHN ZEIT

am Feld verstreute Tupfer
Hasen scheuchen
durch giftigen Halm
Sensenmann quält
in leuchtenden Rainen
zitternd rote Kleider
blutige Reste
streut wilder Wind
Samengedächtnis
Nahrung Rausch
zur Auferstehung

Jochen Stüsser-Simpson
1914: IN FLANDERN UND AUCH ANDERSWO

O Ihr Lyriker, die Ihr Euch freiwillig
gemeldet habt, nach dem Abitur von der Schulbank
weg, aus den Universitäten, noch mit fünfzig
kriegsfreiwillig Richard Dehmel, die Ihr als Ältere gelesen habt
und übersetzt die Franzosen und die Engländer, die Ihr
Paris geliebt habt, London, Rom, Ihr Kosmopoliten
der Jahrhundertwende und alle, für die der Krieg
keine Schreckensvision war, sondern
Entspannungsfantasie, die Langeweile lösend und
abenteuerlich, wie rückblickend Kollege Rühmkorf
resümiert, die Ihr Euch Champagner trinkend saht
auf der Champs-Èlysèes, ein paar Wochen nach
Kriegsbeginn, entsprechend Eure Todesdaten
programmatisch: Walter Flex 1917, Alfred Lichtenstein 1914,
Ernst Stadler 1914, August Stramm 1915,
Georg Trakl 1914 – dem Bürger flog vom spitzen Kopf
der Hut, in allen Lüften hallt es wie Geschrei, die
Nächte explodierten in den Städten, das war des Lichtes
Anfangsmelodie, die süße nahe weite Kameraderie,
wo Steine feindeten und Fenster grinsten
Verrat würgten die Äste und Fenster gellten
Tod.

Erin Maris
REMEMBRANCE POPPY

Klatschmohn
Mohnblume
Mahnblume

Du singst
ein rotes Lied
wo das Korn wächst
die Leidenschaft blüht
und das Leben der Gefallenen
geerntet wird

Dein mahnendes Herz
Vergessenheit schenkend
genauso schwarz
wie die aufgerissenen Schlachtfelder
die deinen Samen mit vergossenem Blut
Leben spendeten

Anett Wassermann
(WIE KONNTEST DU VERGESSEN)

Wie konntest du vergessen
was in dir brannte
und um dich ringsrum
die Tage dir zur Nacht nun machte
und dich um deine Nächte brachte
was dir die Kindheit stahl
mit stähler'm Helm
und schweren Schritten
wie konntest du vergessen
wie einst ein ganzes
wohl ahnungsloses Volk gelitten
wie kannst du nur
dich nicht erinnern
da doch jetzt wieder
Erweckung heimsucht
die steifen Märsche
wie konnte dir entfallen
dass du gelobtest
nie wieder zu vergessen

Anka Weber
(EIN FELD IN ROT)

Ein Feld
in Rot
traurige Erinnerung
an Freunde
an Feinde
die starben
für uns
doch wofür?

Stephanie Mattner
(FRAGILES VERGESSEN)

Fragiles Vergessen
schwankt rotgetränkt
über Flanderns Felder

Ulrike Schmidt
AUS DER ZEIT GEFALLEN

Der Wind peitscht das Gestern übers
Stoppelfeld. Die Zeit stirbt hin. Einsam
und windzerzaust steht ein aus der Zeit
gefallener Klatschmohn, nach verlorenen
Träumen suchend, am Ackerrand.

Mit letzter Zärtlichkeit legt sich buntes
Laub schützend um den im Wind taumelnden
Mohn. Träume verwehen mit dem fremden
Duft des Vergehens. Ein Trauermantel legt
sich über das abgeerntete Feld. Bald schon
verwintern Gefühle und Herzen frieren.

INHALTSVERZEICHNIS

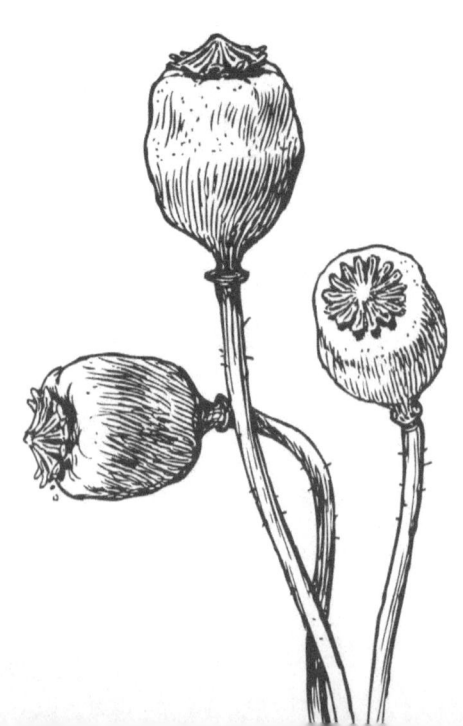

Über SternenBlick

SternenBlick e.V. ist ein gemeinnütziger Verein zur Förderung zeitgenössischer Poesie. Seit Mitte 2013 werden jedes Jahr themengebundene Anthologien, Monografien und eine Heftreihe herausgegeben, welche die dichterische Vielfalt abbilden und bewahren. Ergänzend bieten wir unterschiedliche Leseformate, Workshops und Veranstaltungen im Großraum Berlin an.

Alle Veröffentlichungen, aktuelle Ausschreibungen und Termine sind der Homepage zu entnehmen:

www.sternenblick.org

Bibliografische Information der Deutschen Nationalbibliothek: Die Deutsche Nationalbibliothek verzeichnet diese Publikation in der Deutschen Nationalbibliografie; detaillierte bibliografische Daten sind im Internet über http://dnb.d-nb.de abrufbar.

www.sternenblick.org
kontakt@sternenblick.org

Herausgeber:
SternenBlick e.V.

Cover- & Buchgestaltung:
Stephanie Mattner

Coverbild:
© fabtrends – pixabay.com

Grafik S. 4: © Armgard Roehl
Gemälde S. 8: © Brigitte Reiskopf

ISBN Softcover: 978-3-910947-00-9

Druck und Distribution im Auftrag:
tredition GmbH, An der Strusbek 10,
22926 Ahrensburg, Germany

Zeitfracht Medien GmbH
Ferdinand-Jühlke-Straße 7
99095 Erfurt, Deutschland
produktsicherheit@kolibri360.de